人素の森

本村俊弘

七月堂

人素の森

洪水が火を押し潰し
山の頂上で風が砕け
時間は渦巻状に進み
午後に時が耳打ちする
明日の死亡欄に載る名前を
冬の浜辺に女が打ち上げられた
半世紀の間、本棚の上に置かれた貝が
時間の渦と共振する
泣きながら追いかけてきた潮騒が
お前は貝の浜辺で溺れて死んだと告げる
言葉の中に痛みの森があり
その森の中の言葉が薬効となる
森を月が照らし

湯気が立ち昇り
泣き叫んでいた母親が泣き止む
殺人者は地球の眠りを待つ
眼光が点滅し
裸体の月を殺そうと待ち伏せする
漆黒の闇が脱皮する
月は光の衣服を来て立ち去る
甘い銀河系の果物を探す
探検隊は大理石を運ぶ蟻を発見する
果物を大理石の上で五つに切り分け
一つは金星に一つは蠍に
一つは双子に与える
男は静かに包丁を研ぐ

敷居を跨いで水が侵入する
言葉が水没する
新世界は未だ闇の中にあり
麦畑の根は黴の王が支配する
火星が仮面を被って踊る
飛び火して甲虫が燃える
山火事以来男は笑わなくなった
失明した蛇が寝床に向かう
白濁した水晶玉は砂漠になり
一滴の水が大地に落ちる
原野に火が放たれ
収穫する男の体には爪痕があり
女に残された土地は陥没地帯だった

男は地図を広げ
領土拡張の野心を語る
凡庸の中で一際輝く斑猫が着地する
美的感情の蜜に蟻が気づく
美は他者の至福の中にあり
人は宝箱の鍵を紛失した未来である
官能的な豚は搾り粕に涎を垂らす
水牛が水銀の川を渡る
腐植土の匂いを嗅いだ猿が放尿する
舞踏会で転げ回る蜘蛛は四隅に印を付け
赤い線を額に付けられた子供が眠る
わたしは源泉を辿る入口に来た
不在の痛みが首を締め付け

割れた鏡で紫色の血を流す
明日は子蟹が山に帰る日
傷口から膿が流れ出す
朴葉で寝床を作る
女は分割出来ない
帰結である
橄欖の木が根付くまで
女から離れることは出来ない
海水が夜明けとともに上昇を開始する
白い灯台は感情を光に変え
感情は現実に食い込む歯となり
光が消えて歯形は化石となる
大時化の夜に船にしがみつく富士壺は

六対の脚を灯台へ向ける
鏡は木漏れ日と同化する
山羊が鳴き始めた
女は噴火する山を産み落とす
洗面台から蛇が現れ
子山羊を解体する方法を吐き出す
悲しむ蝮は葬儀の薔薇で身を固め
涙が荒ら屋の屋根から滑り落ちる
大風の日に巨大な烏賊が姿を現す
約束した柳は枯れ
火球が西から東へ空を切り裂く
炭酸水の温泉に光が水浴びする
雨雲が暦を破り捨て

紙で出来た朝に火を付けた男は自害する
午前九時になっても太陽は起きてこない
甘い女の声が匂ってくる
猿の王宮に軍隊蟻が侵入し
日焼けした玉蜀黍が裸になる
悲しみを持ち歩いていた少年が
廃墟となった猿の王宮を発見する
台風が近づきつつある
悪魔は引き戸をこじ開け
天使の羽を毟り取る
家の天使は巣から落ちた雛に姿を変え
言葉が不在の時に巣立ちする
言葉は内面の沈黙の中に封印される

憂鬱な菫が色落ちした日
八手が話し掛けてもうわの空
親指の付け根に棘が刺さり
血は同化することを要求される
薔薇園の閉園までに髑髏の刺青を彫る
帰宅したら母屋が燃えていた
火の粉が衣服に燃え移り
何世代に渡って住み続けた
守宮が焼け死んだ
朝焼けの中で孤独な灰が屍を包む
天使は水の楽園を夢見る
砂漠の遥か彼方へ隊商が進む
飛竜が待ち構える渓谷へ差しかかる

異国の言葉が砂塵と舞い
蜃気楼の国に入国する
空が鉛色に焦げ
無風の海面に色落ちした感情が漂い
艶めかしい蛸が深海から浮上する
乱れた髪が夜になって湿り気を帯び
雷雲が息せき切って話し掛けてくる
大門の側で駱駝が一時の休みを得ている
海底が隆起して塩の大地が剥き出しになり
肺魚を食い千切る魚竜の化石を
少女が発見する
駱駝が立ち上がり洪積世の影を作る
草叢で飛蝗が飛び跳ね

太陽が驚いて一日が終わる
風紀を乱す鼠が大豆畑の縁を走り
月の罠が鼠を待ち受ける
鶏頭が色づき始める
箱庭の隅に一匹の蟻がじっとしている
話し掛けても見向きもしない
芝が覆い尽くし
箱庭は林に放置されて百年が経つ
月の満ち欠けが浜辺に転写する
化膿する傷口に
橋桁の下で蛆が湧き始め
人混みの中で羽化する
空を覆い尽くす蝗の大群

蛙が飛び跳ねて捕獲する
百万の羽蟻が舞い
目眩と吐気は月の運行による
夜明けの陣痛は
心臓の下行枝を伝う
銀河系の端に住む蚤が生き血を吸い
虱が髪の森を闊歩する
恐竜の毛に取り付く壁蝨
砂塵が舞い始める前に出発し
宇宙飛行士のボンベに酸素を充填する
栄養不足の犬が皮膚病に悩まされ
掻き毟り血が滲む
鮭の群れが遡上する

遅れていた寒さが川を渡ろうとしていた
林に入ると犬が死んでいた
遂に雪が降り始め
囀っていた鳥たちは去った
空っぽになった巣に
爆発の衝撃波が命中する
雪の中に不発弾が取り残される
険しい山道に安山岩の大岩が転がり
敷き詰められた言葉の上を行進する
今日は死ぬには最適な日
威風堂々と蛞蝓が腐葉土の中でぬめる
地上では地均しするための円匙の擦れる音が響く
死んだ犬を地中に埋め

大地を我が物顔で走る猪を狩る
季節が行き来して昔蓬が一面に広がり
麺麹を焼くために小麦を捏ねる
枯れた昔蓬の葉を集めて火熾しする
大工の木槌が朝から聞こえる
菫色の光が網膜を照らし
希望の言葉が薪と一緒に燃やされ
火は山を越えて隣村を食べ尽くす
無機質な風が種子を運ぶ
黒焦げになった松の木が山の中腹で泣いている
鳥たちは為す術もなく
山の彼方から侵略する冬の軍隊が迫っていた
栗鼠たちが頬袋を膨らませることは叶わない

木霊が静寂を呼び込む

深い井戸から記憶を手繰り寄せ

捏ねた麺麭生地の中に練り込み

熱の力で記憶をゆっくりと膨らませる

手繰り寄せた手で麺麭を千切る

空洞を通って亡くなった人々に会いに行く

砂丘に難破船が打ち上げられ

柩作りが間に合わない

柩の中に音楽を収めるために

音楽隊は砂ぼこりのする悪路を進む

時は夕刻を迎える

生きるものの空腹を満たす物は少ない

どうして感情を持つようになったのか

石ころが転がっている道を
血まみれの喪失感が歩く
戦争が始まったと叫ぶ人の声が聞こえた
戦争を乗り越え、生き延びるために
疑うよりも信じることを心に課す
季節が変わり、蛙が鳴き始め
草叢の中で朝露が光り始める
微風が朝の挨拶をして川の方へ向かう
寝付かれない夜に寝床から熾火を覗く
冷えが盗人のように忍び足でやってくる
工場の旋盤から潤滑油が垂れる
空き地に無口な霧が横たわり
野宿した足跡が学校の裏山に消えた

戦死者の数が毎日告示され
知らない家の犬が吠え続け
棚から本が落ち、飲みかけの珈琲が散る
窓を見ると豚を乗せたトラックが通り過ぎ
忘れかけていたものを思い出す
恋人への書きかけの手紙が取り残され
黒板に書かれた数式を消すために
消防団が派遣される
園庭に配置された石が動き出す
虐げられた言葉が石のあった場所に置かれる
溶岩が暗闇の中で白く流れ
鎖骨の窪地に溢れ腹部へ滑り落ちてゆく
大地は手術痕を曝す

乳房から白い糸が溢れ
蜘蛛の子が朝日に照らされて透けて見える
一群の猿が水飲み場へ降りて来る
廃屋脇の柿の木に登り実を食べ始める
女郎蜘蛛の巣を光がすり抜け
捨てられた茶碗の中の水が反射する
文明は消滅しつつある
複写された記憶が逆回転を始める
地軸の傾きを緩め
月までの距離と必要なロケット燃料を算出する
手を出せない女を諦めるしかなかった
分かれ道で蜘蛛に名前を付けている子供を発見する
川向うでお祭りが行われている

我が家では両親の別居が続く
どうにもならない時間が鍋に閉じ込められ
加圧され骨抜きにされてしまう
母親に会うためには川を渡らなければならない
河口に海豚の家族が打ち上げられた
人々が大勢集まり話し合っている
満潮まで時間は人々によって抱きしめられていた
急に太陽は家に帰るという
浜辺の端から裸体の月が近づいてくる
継父から叩かれた少年が牛舎の裏で泣いている
誰も呼びに来ない
月見草がそばに来て言葉をかける
泣きぬれて、牛が鳴く

金星が斜めから少年を覗き込む
火起こしをするために林に入り
小枝と枯れ葉を集める
鉄と石をぶつけて火花を散らす
烏蛇が石垣の隙間に姿をくらます
雨雲が屋根まで降りて来る頃
炎が鉄鍋を包む
雨雲は去らず我が家の屋根を激しく叩き出す
飼い犬は床に伏し上目遣いに外を見る
厨から煙が上り
雨滴にさらされながらも雨雲を打つ
時は暦の遙か先の夏に到達していた
祖母の足の静脈瘤が目立つようになった

村では不吉なことが続き
村の豚が一匹残らず死んだ
行方不明の老婆が河口で浮いていた
火の見櫓が根元から折れ倒壊した
それから一週間も雨が降り続いた
長雨で畑の野菜が腐り始め
村の娘の結婚式が先延ばしになり
祠に参る人が線香を焚く
香の香りが通りに流れていった
村は静まり返り
村人の心には恐怖が渦巻いていた
関わってはいけない龍に話し掛けられる
足が震え、舌が縺れた

空に轟音が響き龍は消えた
龍のことは誰にも話さなかった
夜になると龍の光彩が夜空に棚引いた
書き継いできた帳面を紛失した夜
どこからともなく野良犬がやってきた
吠えない犬だった
餌をやるとそのまま居着いた
家はいつしか犬を中心に回り始めた
犬を連れて峠に差し掛った時に
龍が現れた
犬が初めて吠えた
その声は犬ではなく獅子の吠え声だった
龍は大きな洞窟に退散した

自分の前に龍は現れなくなった
犬が自分の中に根を下ろし
犬が側にいない時は
自分でないような気がした
そのような時に犬は突然にいなくなった
何日も山野に分け入り犬をさがした
足を滑らせて転倒し鎖骨を折った
遺骨を首から下げる思いがした
村を出て十年が過ぎた
時は風そのものとなってしまった
誰でも直ぐには来られないところに立っている
音のない沈黙の世界に入国する
心は一つではなかった

村を、愛犬を、去って行った母を
そして自分に起きたことを反芻する
静かなるものが本心である
行き先のない旅となった
鴉の鳴き声が
見知らぬ土地に響き渡る
初冬の夕刻が自分の中に入り込もうとする
その中にここにいることの
理由付けが含まれていた
既の所で幽霊船に乗り込むところだった
乗る時になって亡くなった愛犬の
獅子のような吠える声が聞こえた
とっさに船から離れた

着飾った船は幽霊船で黄泉の国へ行く船だった
風水師の猫が柳の木で爪とぎをしている
故郷の方角を問うと
指を指したのは天であった
意味のわからなさに眠れない夜を過ごす
猫が突然に姿を消し風水師は寝込んでしまった
この地の法によって追い立てられて出発する
方角を見失う
所持金の少なさに唇を噛む
海は何日も荒波が立ち
往来する船を足止めにする
山越えをするしかなかった
深い谷を下り、川を渡り

密林の入口に辿り着く
彷徨ことの恐れが次の一歩を遅らせる
湿気が強く衣服が肌に纏わりつく
時間は作り置きのものではない
常に時は未完である
もたらされた食事をいただくように
時間を食べる

新しい一日が運命の時となるまで
密林の中は文明と仲違いした時間が流れる
冷気が流れる場所に踏み入れた時
ふと母親の生年月日が
いつだったか気になり始める
まとまった考えには至らず

底の抜けた川のようだった
山の民の助けを借りて
木を切り倒し、筏を作った
この地から脱出することは命がけだった
岩場を縫って激流を下る
蔦と丸太が軋む音が耳の中で渦を巻く
穏やかな流れの場所に辿り着く
密林は切り開かれ街が形成されていた
安宿の寝床に身を沈める
蚊と虫に悩まされ皮膚を掻き毟る
下痢が止まらない
高熱に苦しみ瀕死の状態となる
死神が手招きする

宿の主が一人の老婆を連れてくる
顔には刺青が彫られていた
老婆は薬草を煎じ御呪いをして飲ませた
冬至を祝う人々の笑い声が聞こえる
八つの峠を超えなければ次の村にはいけない
笑い声の先に鋸の歯のような峰が立ちはだかる
峠の手前で野営し
凍える体を焚き火で火照らす
不穏な雨雲が力尽くで、意識の中へ潜り込む
急峻な崖の上を禿鷲が舞い
岩場で羚羊が糞をする
苔に足を滑らせ足首を痛める
体の中から雨雲を吐き出すことに集中する

八つの峠を越える度に言葉が変わり
相手を理解することが初めから求められた
猿の家族が高山に進出し
縞模様の雛を襲い、食べるのを目撃する
息切れが激しく頭痛に悩まされる
足首の腫れを取るために蛭に血を吸わせる
高山病から解放され精気が蘇る
峠から眼下に大平原が広がる
所々に雲海を敷き詰め
感情の高まりとともに雨を降らせている
足をいくらか引き摺りながら果てしない平原を進む
巨大な蟻が陽のあたる場所で姿を表し
爬虫類を集団で捕食している

武器になるものを拵え
火を持ち歩く
雨上がりに羽蟻が空を覆い尽くす
小さな集落に到着する
長に滞在の許しを乞う言葉をさがす
棘のある植物の雫が陽にあたって光り
泥で作られた家で石となって眠る
茸の森に魅惑的な匂いが立ち込め
全身の力が抜け不安が消える
橙色の縞を纏った亀が
白い茸を食べた
翌日に来ると亀は樹の天辺にいた
亀の呪術師に旅の結末を占ってもらう

その日の風は乱れ湿気を含んでいた
風向きが変わり無数の胞子が飛来してくる
呪術師は、掌は光である
闇に掌を翳して歩めと宣う
羊歯が生い茂る沢で足を滑らせ
滝壺に落ち、回転し川の水を飲む
川底に足が触れ蹴り上げて脱出する
岩にしがみつく
流れる水と雲が意識を河口へ押し流す
河口に出ると陽光が溢れ
海鳥が群れ飛び
沖合に難破船の残骸が見え隠れしている
大型帆船がゆっくりと入港して来る

女神が舳先で微笑む
丁字、肉桂、肉豆蔲、胡椒を入れた麻袋を
帆船に積み込む
荷役の仕事で日銭を稼ぎ
日暮れになって食堂に入り
岩塩で味付けした羊の臓物でお腹を満たす
船長に何度も頼み込み
雑役夫として雇ってもらう
市場で買付けた塩漬けの豚肉を帆船の船底へ運ぶ
絹糸と銀を大量に仕入れ
季節の風を読み帆船は出港する
海豚の群れが帆船の近く迄やって来て
しきりに話しかけた後、姿を消した

満月の夜に鯨が悠然と泳いでいる
潮吹きが月光に照らされて
銀色に光る
烏賊の群れが一斉に海面を飛ぶ
夜になると正体不明の発光体が無数に浮かび
波間に揺れる月明かりと戯れる
意識が吸い寄せられ
海の恐竜に飲み込まれる錯覚を起こす
厳格な嵐に遭遇する
帆をたたみ船室の物を固定する
竜骨が軋む
息を潜めて海竜が通り過ぎるのを待つ
船底に海水が溜まり始める

再建中の自然史博物館が燃えている
化石の大腿骨が入った木箱に火が燃え移る
風に煽られて心の隅々まで
火炎が舐め尽くし
巨大な茸が灰となった恐竜を覆い尽くす
悲しみの海が何度も干上がり
塩田の層を積み重ねてゆく
限られた言葉で馬は嘶く
疾走する雲の上で紫外線が飛び跳ね
食卓では塩田の塩が振りかけられる
重さに耐えきれずよろめく馬
窓の隙間から忍び寄ってくる胞子
羊歯の蔓が性器をぐるぐる巻きにする

神像めがけて黒蟻の大群が進軍してくる
雨音が隣の垣根越しに聞こえてくる
その夜、地割れした隙間から
硬い甲羅のゴキブリが無数に這い出してくる
黒蟻の大群と台座の下で遭遇する
生存をかけた攻防が朝方まで続く
裏返しになった干からびた甲羅が残された
木に吊るされた人の遺体が腐敗していく
人が人を殺し合う場に鴉は立ち会い
禿鷲と鴉が遺体を食い荒らす
蛆虫が混乱の極みにあった
髑髏の中で孑孑が踊る
少年は空虚な箱庭に心を閉じ込め

闇に覆われた囲われた草原では
獅子が麒麟の子を狩る
狼の遠吠えが朝方まで部屋に響き渡り
虚空が少年の全身を麻痺させ始めた
哲学的な薔薇は根腐れ病を患う
雪解けの水が洪水を起こし
村の石橋を蹴飛ばした
薔薇は息絶えた状態で
接骨木の幹に絡んでいた
長老たちが髭を撫でながら
少年の葬儀の段取りを話し合っている
日差しが猫の尻尾を追いかける
母親の泣き声が陽炎となって揺れていた

墓掘り人夫が長柄の円匙を取って立ち上がる
殴り合いの果てに右目を潰した男が村に現れた
誰も目線を合わせない
男は気に入らないと舌打ちをした
子供の俺はすれ違うたびに恐怖を味わった
飯場で刺し殺されたと
大人たちが火を囲んで話すのを聞いた
男は怖さのうちに俺の中で生きている
誰もそのことを知らない
その日の午後、村から遠く離れた山が噴火した
空は一気に暗くなり火山灰が降ってきた
里芋畑の葉が灰の重みに耐えていた
火砕流が麓の村を襲い

畑を飲み込み
橄欖の木が燃えるそばで
年老いた農夫が息絶え
谷あいに雷鳴が轟き稲妻が走る
拳骨岩のある海岸に疫病船が漂着した
村の役人と警察官が調べに赴いたが
一週間も経たないうちに赤い斑点を残して死んだ
疫病は村に蔓延し
生き残った者は未婚の三人の老婆のみだった
近隣の長が集まり疫病の村を焼くことを決めた
風の緩やかに火が放たれた
察知した生き物は逃げた
最初に逃げたのは芥虫だった

空が焦げるように赤色から黒色へ変わった
焼いた村は数年の間放置された
飛蝗が異常に繁殖したために
再度村は焼かれた
隣り村は数度の火砕流に飲み込まれ
大きな石に占領されてしまった
堆積物が八万年前の火砕流とわかった
地質学者が火口へと降りて行くと
方位磁針が使えなくなった
山肌には野生化した山羊が群れをなしていた
設置された地震計が大きく振れる
壁蝨が山羊の耳裏に辿り着く頃
山は西日を浴びていた

東側の集落は既に暗さを増していた
日は沈み沈黙の外套を着た夜が訪れる
壁蝨はゆっくりと山羊の耳を切皮する
疫病船に潜んでいた火蟻が
抜け目なく上陸し
西の集落に巣を作り始める
村長の孫娘が泣きながら帰って来た
火蟻が幼い女の子の足を襲った
孫娘は夜から高熱を発し
意識が朦朧として危険な状態になる
山から仙人が急いで招かれ治療を行った
仙薬が処方され娘は一命をとりとめた
村人は総出で火蟻の巣を探し始めた

白い靴を履いて畦道を歩いていると
目を見張る女性と擦れ違う
成人した村長の孫娘だと知る
数年後赤い帽子を被った女性と擦れ違う
男の子の手を引いていた
猟師は鹿の頭部に狙いを定める
静かな時間が訪れたその時
猟師は引き金を引く
弾はゆっくりと石炭紀から三畳紀を通過して
鹿の眉間に命中した
近づくと後肢が痙攣している
首筋にとどめを刺す
腹部を切り開き解体する

眼は見開き
森の風が別れの言葉を伝えに来る
雨季が終わり空から日が差す
打ち捨てられた農家の屋根が陥没する
夜になって激しく雨が振り
風が怖い顔して納屋を押し倒し
夜が開ける頃には嵐は過ぎ
星が顕になる

人素の森

二〇二〇年八月二八日　発行

著　者　本村　俊弘
発行者　知念　明子
発行所　七　月　堂
〒一五六―〇〇四三　東京都世田谷区松原二―二六―六
電　話　〇三―三三二五―五七一七
FAX　〇三―三三二五―五七三一
印刷所　タイヨー美術印刷
製本所　駒留製本

Printed in Japan
ISBN 978-4-87944-414-1 C0092